Miscellanées

Gisèle Maris

Miscellanées

Nouvelles

ISBN : 979-10-422-2085-3

De la même auteure

– *Souvenance*, Éditions du Petit Pavé, 2010 ;

– *Pontlieue*, Éditions Sutton, 2017 ;

– *Quelque trente ans après... Souvenance*, Éditions du Petit Pavé, 2019 ;

– *Mary Olivier, illustre inconnue*, Éditions L'Harmattan, 2022 ;

– *L'affaire*, Éditions du Borrego, 2022.

La quête

Un couloir interminable. Des portes à l'infini. Laquelle ouvrir ? Laquelle ne pas ouvrir ? Laquelle ouvrir et refermer ? Il lui fallait en ouvrir une et de toute urgence. Il n'en pouvait plus d'être seul, toujours seul, de traîner sa solitude, son rocher de Sisyphe… Peut-être que derrière l'une de ces portes, il y aurait quelqu'un à qui parler, quelqu'un qui lui dirait tout simplement bonjour, plus peut-être…

Celle-ci, par exemple. Pourquoi celle-ci plutôt qu'une autre ? Pourquoi pas celle-ci, mais une autre ? Une porte, c'est une porte, après tout.

Ça y est, il a tourné la poignée pour voir, seulement pour voir, mais il n'y a rien à voir. Une pièce vide comme lui. Des murs sans histoire comme lui. Lumière de souffrance. Remugle.

Vite, il referme cette porte qui ne s'ouvre sur rien.

La suivante alors ? Elle est peinte en vert, la couleur de l'espérance. Un léger bruit. La vie est là, une boulette de vie du moins. De quoi tromper sa faim peut-être…

Un couinement ténu, heureusement. La porte s'entrebâille, l'interdit est transgressé. Un coup d'œil furtif dans le couloir puis à l'intérieur. Lumière tamisée d'une lampe de chevet. Envie d'entrer. Il pousse plus largement la porte. Quelques pas en tapinois et en retenant son souffle.

Allongée à plat ventre sur le lit, une lascive créature, genre Arielle Dombasle, vue de dos du moins, est plongée dans un magazine, Cosmopolitan sans doute, mais il n'aura quand même pas l'audace d'aller le vérifier, c'est sans importance… De temps à autre, froissement des pages tournées, gloussements de la lectrice ; la vie est là, à sa portée…

La moquette a amorti ses pas ; elle ne l'a pas entendu. Ça tombe bien finalement : il n'aurait pas su expliquer sa présence et il se retire sur la pointe des pieds…

Ce couloir n'en finit pas. Il doit quand même bien y avoir pour lui, une porte à ouvrir, le tout, c'est de choisir la bonne, celle qui ouvre sur la vraie vie, la vie de couple, la vie de famille, la vie d'artiste, la vie…

À l'oreille, celle-ci lui dit d'entrer. On rit derrière. Des rires, des rires, un vrai feu d'artifice. Une explosion. On sable le champagne : un anniversaire de mariage peut-être… Il ne peut s'inviter ; ça ne se fait pas.

Passer à la suivante ou renoncer à rencontrer l'autre, rester avec soi… Finalement, il s'entend bien avec lui… Son vide lui appartient. A-t-il absolument envie de partager le vide des autres ?

Bien sûr, son vide lui pèse, mais c'est son vide, un vide vrai dont il mesure la vastitude à l'aune de sa désespérance. Les autres s'évertuent à remplir leur vide, à donner le change. Ils sont pleins d'eux. Ils essaient de faire pousser dans le désert, lui est désert. Au bout du compte, son aridité est sa marque de fabrique, son estampille en quelque sorte. Il n'empêche qu'à de certains moments, c'est lourd à porter du vide même son propre vide. Si seulement, derrière l'une de ces portes, désespérément closes, il y avait quelqu'un pour combler son vide…

Un couinement. Une porte qui s'entrouvre… À la mi-porte, une tête de loup rouge et en bas quelque chose qui bouge. Un chat peut-être, plutôt un chaton vu l'élasticité avec laquelle, il bascule sur ses pattes avant, précipité par un *ouste !* rageur qui en dit long… Et l'animal de filer sans demander son reste entre les pieds de l'unique témoin de la scène puis, d'aller droit vers la sortie de l'immeuble, l'habitude sans doute ; ce qu'il cherche lui, le chaton, c'est la liberté. À chacun sa quête…

L'homme seul refait le couloir en sens inverse, indifférent aux portes cette fois, absent…

Pourtant, la même que précédemment s'entrouvre et dans l'entrebâillement, à nouveau, la tête de loup, enfin une tête de jeune femme aux cheveux hérissés et rouges, une drôle de tête…

On lui parle, elle lui parle d'une voix angoissée :

— T'as pas vu mon chat ?

On le tutoie, quelqu'un d'inconnu le tutoie. Il n'engage pourtant pas à la familiarité d'habitude.

— Si, mais lui pas, hélas !

Elle le regarde, interloquée. Elle ne comprend pas, elle ne peut pas comprendre que même un chat, plus encore un chaton aurait fait ce jour-là, à ce moment-là, son affaire…

À la tête de son interlocutrice, il prend conscience de l'incongruité de sa réponse et, comme pris en faute, agressif, il ajoute :

— Vous l'avez bel et bien mis à la porte, que je sache !

— Non, mais vous n'allez quand même pas me faire la morale. Portez plainte à la SPA pendant que vous y êtes, vous avez bien une tête à ça d'ailleurs !

Mais qu'est-ce qu'elle a donc sa tête pour déclencher partout et toujours de la hargne ? Il se le demande et est sur le point de tourner les talons, mais voilà que, cramoisie de colère ou de honte, il ne sait pas trop, d'un trait, elle vide son sac.

— Marre, marre de lui : il est chiant à la fin. Il fait ses griffes partout, et ce matin, il a planqué la deuxième chaussette de ma dernière paire propre, Dieu sait où. Moi qui voulais courir ce matin ! Vous avez déjà couru vous, pieds nus dans des baskets ?

Non, il n'a jamais couru de sa vie et il ne courrait certainement pas ce matin par le temps qu'il fait, mais il s'abstient de répondre. C'est plus prudent !

Il la regarde. Elle est rigolote avec une seule chaussette au pied gauche et les ongles rouges aux doigts de son pied nu. Il n'aurait pas dû la prendre de haut. De quel droit d'ailleurs ? Décidément, il faut toujours qu'il braque les gens contre lui. Aussi, pour se rattraper, et comme s'il se jetait à l'eau, il lance :

— Et si on allait le chercher tous les deux, votre chaton qui s'appelle, comment d'ailleurs ?

— Ce *Tous les deux* sonne bizarrement à ses oreilles d'homme toujours seul, mais il a fait mouche.

— Super ! une minute, le temps d'enfiler ma doudoune et ensemble, on va le retrouver mon Cattus !

Son Cattus, elle a pourtant une drôle de façon de le traiter son chaton et puis, quel drôle de nom pour un chat. Décidément, cette fille ne tourne pas rond. Et puis, devant son air surpris, voilà qu'à son tour, elle le prend de haut.

— Eh oui, Cattus, du latin cattus qui vient lui-même du mot africain, probablement nubien, kadista.

Non, mais, pour qui elle se prend celle-là avec sa tignasse rouge, son piercing dans la narine, elle ne va pas en plus lui en remontrer, pourtant bien qu'agacé, il la suit… D'ailleurs, il n'a plus tellement le choix maintenant et puis elle a l'air de savoir où elle va, ça ne doit pas être la première fois que ledit Cattus se fait la belle et pour cause…

Les voilà en expédition dans le parc maintenant désert à cette heure tardive. Ils vont d'abord chacun de leur côté en égrenant, elle, de sa voix de soprano, des Cattus en chapelet, lui, de sa voix de basse, lui faisant écho. Curieux couple. Lui, la goutte au nez, frigorifié dans son costume, Kenzo marche comme sur des œufs de crainte de maculer de boue ses chaussures Finsbury, voire de tomber dans ces allées détrempées rendues glissantes par les feuilles pourrissantes. Il perdrait alors la face… Elle, bien empaquetée dans sa doudoune, un pied pourtant nu dans sa basket va à grandes enjambées d'un bosquet à l'autre, d'une haie de troènes à une autre, bat les buissons, disparaît, reparaît. Étrange partie de cache-cache dans l'atmosphère feutrée de ce soir de novembre dont seul un chien tout crotté est témoin. Les arbres dégouttent, la bruine humidifie le drap de son costume par trop léger. Le froid le pénètre et il se demande bien ce qu'il est venu faire dans cette galère. La nuit tombe. Les appartements qui donnent sur le parc s'éclairent les uns après les autres sauf le sien et celui de sa comparse qu'il ne repère plus d'ailleurs qu'au son de sa voix… La vie s'y est repliée et lui se replierait volontiers chez lui, mais il ne veut pas perdre la face. Aussi, sans conviction maintenant fouille-t-il des yeux l'environnement, autant chercher une aiguille dans une botte de foin, mais tout à coup, un cri triomphal « Je l'ai ! » et il la voit brandir comme un fanion, une chose qui ne peut être que Cattus puis courir vers lui, les bras repliés en corbeille dont seule une tête aux yeux apeurés dépasse. Arrivé à sa hauteur, voilà qu'il éternue. Cattus tressaille. Sa maîtresse pouffe de rire.

— T'as chopé un bon rhume. On va chez moi, pour toi, ce sera un café bien serré et pour Cattus du lait chaud, d'accord ?

L'ennui, c'est que le café lui donne la migraine.

— Tu n'aurais pas plutôt du thé ?

— Yes, sir !

Et ce disant, elle exécute le salut militaire.

Non, mais, elle se moque de lui. C'est un comble ! pense-t-il un peu froissé, mais comme il se sait ombrageux, il la regarde pour s'assurer de la chose. Elle n'a plus rien de la tête de loup : la pluie qui dégouline maintenant sur son visage rose d'excitation ou de froid a aplati et un peu décoloré ses cheveux. Elle est ma foi, malgré son piercing, toute mignonne.

Chemin faisant, ils ne trouvent cependant rien à dire. Il est vrai qu'il n'y a entre eux, qu'un chaton, une petite boule de poils roux tous collés par la pluie qu'il va falloir, avant toute chose, frictionner avec une serviette ou n'importe quoi de peur que lui aussi ne s'enrhume…

Le dit du chat des voisins…

Leurs maîtres respectifs habitant la même rue, ils s'étaient d'abord croisés, par hasard puis reconnus ensuite, leur queue battant alors comme le balancier d'un métronome, se saluant en quelque sorte. Deux jeunes européens roux, deux chats quelconques certes, cependant moins communs dans le quartier que leurs semblables tristement tigrés gris. Un beau soir, lors d'une sortie clandestine, ils s'étaient rencontrés entre chien et loup dans la rue et s'étaient plu ma foi, au point le printemps venu, de se retrouver tous les jours, comme s'ils s'étaient donné rendez-vous, quasiment à la même heure et presque sur le même trottoir et de passer ensemble une partie de la nuit dehors, sous les voitures garées le long du trottoir ou les toits avoisinants, tout à la folle excitation de l'aventure. Si de loin, ils se ressemblaient, vue de près, il était impossible de confondre Félix à la large tête, à la robe de couleur fauve dégradée par endroits en beige, à la queue annelée et curieusement au poil long, un petit tigre en peluche avec Vizir au poil court, au long corps sur de courtes pattes, à l'échine rousse, mais féminisé en quelque sorte par un museau allongé largement tavelé ainsi que son ventre, de blanc et pourtant, bel et bien un chat. À les voir se frotter la truffe et remonter la rue de conserve en frétillant de la queue, on aurait même pu dire qu'ils formaient un beau couple.

Tout allait donc pour le mieux dans le monde des chats.

Un soir, pourtant une agitation inhabituelle mit la puce à l'oreille de Vizir : des allées et venues de la maison de ses maîtres à leur camionnette garée devant chez eux et déjà lourdement chargée ne lui disaient rien qui vaille et planqué dessous, il assistait, inquiet à cette effervescence de mauvais aloi.

Le lendemain, plus de camionnette. Ses maîtres avaient décampé non sans lui avoir, il est vrai, laissé une pleine gamelle d'aliments surgelés qu'il n'aimait pas d'ailleurs, mais sans lui avoir donné, faute de temps, une dernière caresse.

C'était la transhumance estivale.

Au pauvre Vizir, les marches devant la porte close, le trottoir inhospitalier, la rue dangereuse et finalement le rebord de la fenêtre de la maison de Félix, son copain d'où inlassablement, il miaula à fendre le cœur, allant et venant derrière les vitres qu'il gratouillait sans vergogne, au grand agacement de la propriétaire, une bonne ménagère qui venait de faire les carreaux. Elle aimait certes les chats, mais surtout le sien.

Ce dernier, en faction sur la table, excédé par les miaulements ou touché par la détresse de son congénère, de se mettre lui aussi à miauler pour rejoindre le désespéré. Sa maîtresse, de guerre lasse, finit par le lui permettre. Faiblesse coupable dont elle se mordrait ensuite les doigts.

En effet, cédant à son bon cœur, ou en ancien du quartier pour se faire valoir, Félix de guider l'esseulé sur les toits du quartier dont celui de la maison de sa maîtresse et tout naturellement ce dernier de gagner ensuite, le jardin, la véranda, puis la cuisine où Vizir après s'être gobergé de croquettes au saumon eut, la cerise sur le gâteau, force caresses de la part de sa fille qui aimait, elle, tous les chats.

Et cet été qui s'annonçait infernal pour Vizir fut pour l'abandonné, paradisiaque, mais apocalyptique pour Félix, à cause de ce SDF qu'il avait voulu dépanner, mais qui, au fil des jours, finalement s'était installé à demeure chez sa maîtresse. Lui, Félix, le chat de la maison n'était plus chez lui : il lui fallait maintenant tout partager : sa gamelle, sa place au soleil sous le rosier, le transat où il se lovait avant avec volupté, jusqu'à sa maîtresse même qu'il aimait tant et qui l'aimait tant. N'en pouvant plus de cette omniprésence de l'intrus, il s'employait désespérément à marquer son territoire en urinant un peu partout et le plus souvent possible au grand désespoir de sa maîtresse qui le savait propre avant. Entré en résistance, il lui arrivait même hors de lui, d'émettre à l'intention de Vizir, des bruits terrifiants dont il s'étonnait lui-même et de décocher à l'intrus, de vigoureux coups de pattes qui ne faisaient pas pour autant, déguerpir l'envahisseur : la place était trop bonne !

Enfin, la goutte qui fit déborder le vase, le « pipi » de trop sur la boiserie en bas du piano le chassa de chez lui ou plus exactement, la drôle d'odeur qui s'ensuivit, celle du répulsif, arme souveraine contre le marquage urinaire. Sa maîtresse aurait pu user de phéromones qui auraient détendu son chat, mais encore eût-il fallu savoir que les débordements de Félix témoignassent du stress induit par l'occupant, or il était son premier chat et si le vétérinaire avait tatoué, vacciné l'animal, il ne l'avait pas informée quant à la nature du chat.

Un comble, c'était le maître de céans qui désertait de plus en plus souvent, de plus en plus longtemps. Ses absences parfois, sa disparition prolongée finissaient même par inquiéter sa maîtresse, mais elle prenait son mal en patience, se disant qu'à la fin de l'été, les maîtres de Vizir allaient rentrer, qu'ils allaient retrouver leur chat en pleine forme, qu'évidemment, ils en sauraient gré à celle qui les avait, le temps des vacances, remplacés et puis son chat l'aimait…

En effet, à la fin de l'été, un coup de sonnette. À la porte, ses voisins tout bronzés, mais qui ne souriaient pas et loin s'en faut. Ils venaient récupérer leur chat. Quoique déconcertée par leur mine peu amène, c'est avec cependant un large sourire qu'elle les guida alors vers son jardin ensoleillé l'après-midi, se disant qu'ils allaient retrouver leur chat, elle, sa maison et surtout son chat. Ils le retrouvèrent en effet, étendu de tout son long dans le transat. Alangui par la chaleur ou la digestion, il faisait sereinement la sieste et n'entendait manifestement pas être dérangé, même par ses maîtres…

Ces derniers, toutes griffes dehors, d'éclater alors en reproches.

— Mais on s'est fait un sang d'encre, on a failli rentrer, vous auriez dû mettre un mot sur la porte pour dire qu'il était chez vous. Monique, la dame chargée de le nourrir, ne le voyant pas, n'a pas arrêté de nous téléphoner, bref, ça nous a gâché nos vacances…

Interloquée, la maîtresse de Félix de rétorquer le plus courtoisement du monde.

— Mais, l'année dernière déjà, il était venu chez moi, vous auriez dû vous douter…

Et soupira :

— Et moi qui pensais être remerciée…

La maîtresse de Vizir, comme si elle ne l'avait pas entendue, étouffant de rage, et décrivant un large arrondi de ses deux mains pour matérialiser la prise de poids de son chat de s'écrier alors en hoquetant.

— De plus, il est, il est, é… énorme, ÉNORME ! On vous avait pourtant dit l'année dernière de ne pas lui donner de croquettes. Il ne les supporte pas ; d'ailleurs, il a vomi partout chez nous.

— Mais, il avait faim !

— Non, il souffre de la névrose du chat abandonné, vous savez bien que nous l'avons trouvé dans les bois et adopté : il a peur de manquer alors, il réclame sans faim, d'ailleurs nous le rationnons.

Son époux, essayant de calmer le jeu :

— Dites-nous au moins combien on vous doit pour les croquettes et puis, aux prochaines vacances, on fait comme d'habitude, à condition de vous donner ses surgelés, bien sûr…

La maîtresse de Félix de feindre de ne pas avoir entendu la proposition, de les reconduire, Vizir que les cris avaient fini par réveiller, sur leurs talons.

Vizir, un amour de chat…

C'est en ces termes que ses maîtres parlaient de Vizir, leur chat ainsi d'ailleurs que tous ceux qui le connaissaient, c'est-à-dire tous les gens du quartier, qu'il avait un jour ou l'autre suivi, pour lesquels il avait fait une roulade, quémandant une caresse et qui, le soir venu, l'avaient vu des heures durant, posté dans le caniveau attendre inlassablement Félix, son copain. Mais en cette fin d'après-midi d'un très beau dernier dimanche de septembre, un cadavre sur le trottoir…

Tout l'été, comme tous les étés, il avait vagué dans le quartier, miaulé à fendre le cœur devant la porte de ses maîtres qui ne s'ouvrait jamais et celle de la maîtresse de Félix qui, en l'absence de sa fille, ne s'ouvrait plus et pour cause… Avait-il oublié le chemin pour venir chez elle par les toits ou n'avait-il plus l'âge de faire de l'escalade, toujours est-il qu'il errait désespérément ce jour-là. Ses maîtres étaient pourtant partis en vacances, la conscience tranquille. Ils avaient, comme tous les ans tout prévu : Jeanine, une nouvelle et bien brave dame viendrait matin et soir, toujours aux mêmes heures, nourrir Vizir ; ce qu'elle fit régulièrement d'ailleurs, l'appelant *Vizir, Vizir !*

sur tous les tons, le gratifiant de caresses quand il répondait à son appel, lui parlant de ses maîtres qui allaient bientôt rentrer, mais elle voyait bien que plus le temps passait, plus il était triste…

Les étés précédents, avec la complicité de la fille de la maîtresse de Félix, il avait, en quelque sorte, une résidence secondaire, au grand déplaisir d'ailleurs de ce dernier. Qui voyait d'un mauvais œil l'intrus investir son territoire, s'approprier sa place au pied du rosier, sa gamelle, bénéficier même des faveurs de la fille de sa maîtresse.

Mais ce dernier été, elle n'était plus là…

Alors, Vizir avait traîné sa misère au long des rues du quartier vide…

Et ce dimanche fatal, pas âme qui vive dans la rue, pas un chat à part lui, mais une voiture roulant à toute vitesse qu'il n'a pas entendue : il était un peu sourd.

Jeanine éplorée s'est occupée de sa dépouille…

Post mortem

Dans les jours qui suivirent la disparition de Vizir, les habitants de la rue et plus particulièrement la maîtresse de Félix s'accusaient de non-assistance à chat en danger, mais se trouvaient cependant des circonstances atténuantes. Après tout, Vizir était régulièrement nourri et puis, ses maîtres n'avaient fait que suivre les conseils du vétérinaire, à savoir maintenir en leur absence, leur chat dans son environnement, le chat étant par nature un animal territorial en outre, ce n'étaient pas leurs oignons…

La vie dans le quartier reprit son cours et on ne parla bientôt plus de Vizir. Seule, la fille de la maîtresse de Félix, celle qui ne supportant pas les étés précédents de l'entendre miauler à longueur de jour et de nuit, lui avait ouvert non seulement sa porte les premiers étés, puisque Vizir venait par les toits, mais son cœur, absente lors du drame, et maintenant de retour, s'en voulait… Si elle avait été là, elle lui aurait, elle, ouvert la porte de la maison de sa mère, bravant cette dernière. Elle lui en voulait d'ailleurs, ainsi qu'aux gens du quartier pour n'avoir pas agi à temps auprès de la fourrière qui aurait saisi l'animal tatoué pour le remettre, si ses maîtres ne se manifestaient pas dans les trois jours, à la SPA où ils l'auraient bien sûr à leur retour, récupéré moyennant un dédommagement : ils l'aimaient tant… Elle se contenta hélas, en guise d'oraison funèbre sur Facebook, d'un émouvant farewell à cet « amour de chat ».

You were there for summer dreaming
And you gave me what I need
And I hope you find your freedom
I miss you

Summer dreaming
by Robbie Williams

Chez les maîtres de Vizir, les premiers jours, volets fermés nuit et jour. S'étaient-ils rasé les sourcils en signe de deuil comme le faisaient les Égyptiens à la mort de leur vénéré chat ? Impossible de le savoir, car ils vivaient claquemurés. Cuvaient-ils leur chagrin ou battaient-ils leur coulpe ?

Mais quelque temps après leur claustration, si les volets demeurèrent clos, la camionnette avait disparu : ils étaient repartis. C'est vrai que maintenant, ils étaient libres…

Objets inanimés, avez-vous donc une âme
Qui s'attache à notre âme et la force d'aimer ?

Lamartine

Coup de cœur

Un panneau « À vendre » mal arrimé à un volet de bois d'une imposante maison se dressant dans une rue qu'elle n'emprunte jamais et le sort en est jeté : elle en sera tôt ou tard la propriétaire.

C'est pour elle, une évidence comme l'homme entrevu à la terrasse d'un café qui, d'un geste machinal, mais si plein de charme, doit un jour être vôtre.

De retour chez elle, le temps de poser son panier lourd du marché du dimanche, elle compose le numéro figurant sur la pancarte et qu'elle a hâtivement griffonné sur le ticket de caisse de « Vincent », son marchand de volaille ; ce n'est certes pas le billet gagnant du loto, mais ce jour-là, pour elle, ça y ressemble. En tout cas, ce qu'elle lit sur la plaque en cuivre ouvragée dans l'encadrement de la porte, à savoir Molière, le nom de l'ancienne occupante des lieux est un signe. Cette demeure, la plus vieille du quartier sans doute, est pour elle, professeur de Lettres à la retraite. Pourtant, renseignements pris, l'état de la maison en a découragé plus d'un puisqu'en vente depuis deux ans, elle n'a pas encore trouvé acquéreur.

À l'extérieur, à l'angle de droite en descendant la rue, une gigantesque toile d'araignée, un entrelacs de fils électriques qui partent d'un monumental poteau de ciment, des volets à claire-voie lépreux, une cheminée croulante, le tuffeau de la corniche qui s'effrite. À l'intérieur, plancher vermoulu, usé par la paille de fer dont on a usé et abusé, deux cheminées sans âge et sans style, une véranda faite de bric et de broc qui donne sur ce qui a dû être autrefois un jardin, maintenant une petite forêt vierge, domaine exclusif des oiseaux qui l'ont investie en toute liberté puisque de chat, il n'y a plus, depuis le départ de la vieille dame qui, après avoir vécu quarante ans en ce lieu, est partie en maison de retraite. Et pourtant, comme le dit le notaire, quelque peu égaré dans la profession, cette vieille bâtisse a un *charme fou*. Pour annoncer sa venue, le joyeux tintinnabulement d'une clochette à l'ancienne. Devant la lourde porte d'entrée, trois marches de pierre, comme devant la demeure des Grandet à Saumur. Sur la porte, la désuète boîte aux lettres guillochée, trop petite pour le courrier grand format. À l'intérieur, hautes croisées, massifs radiateurs en fonte, pommeau en verre biseauté de la rampe de l'escalier, boutons de porte en faïence, en verre, en laiton que l'on a bien en main, efflorescence en fer forgé des balustrades des balcons. Certes, cette maison ancienne, lui renvoie sa propre image : lézardes de l'une, rides de l'autre, stigmates du temps qui passe, mais elle est en parfait accord avec son esprit rationnel, sa soif de clarté, grâce à la symétrie caractéristique des angevines, la lumière largement dispensée, le calme étale de la vie cependant toute proche, seulement troublé par les piaillements des martinets nichés sous le toit, les cris des enfants dans les jardins voisins, la rumeur de la ville, la solennelle sonnerie des cloches de la cathédrale.

Dans ce quartier hors du temps, au charme provincial, cette demeure sera pour elle, elle en a la certitude, un havre de paix, sa thébaïde. Après s'être enlisée dans les sables mouvants de la vie, derrière ces murs épais, rien ne pourra plus l'atteindre, elle sera à l'abri du monde ; ce sera sa citadelle.

En tout cas, elle en était sûre, c'était le début d'une longue histoire d'amour…

Séparation ?

Il est curieux de parler de séparation puisqu'ils ne s'étaient jamais parlé et pourtant, il s'agissait pour eux, d'une familiarité si grande que ni pour l'un, ni pour l'autre, la petite ville de province où ils se croisaient si souvent, ne se concevait en l'absence de l'autre.

Des années durant, ils s'étaient fortuitement ou presque, vus. Le vendredi soir, dans une travée du même Supermarché, le caddie débordant des provisions hebdomadaires. Le samedi après-midi, dans une des rues du centre-ville alors qu'ils faisaient comme tout le monde, leur shopping. Ils avaient même attendu le samedi à la même gare, à la même heure, 11 h 45, elle, un voyageur, lui, une voyageuse, tout entiers l'un et l'autre dans cette attente partagée.

Parfois même, ils avaient, façon de parler, mangé ensemble, toujours dans la même pizzéria, lui, avec une amie, sa maîtresse, une compagne ? Elle, avec un compagnon, son mari, son amant ? Lui, apparemment tout à sa pizza quatre fromages et elle à sa *marguerita* mais en réalité, tout au plaisir d'être non pas à la même table, mais à la table voisine, s'entendant parler, lui, à sa compagne, elle, à son compagnon, comme étrangers aux propos de ces derniers, tout à leur intimité fortuite.

Qui était-il ? Qui était-elle ? Ils l'ignoraient, mais ils l'imaginaient et c'était tellement mieux : il était ce qu'elle avait décidé qu'il fût, elle était ce qu'il voulait qu'elle fût.

Il vivait seul, selon elle. Un homme marié achète à la va-vite des piles, des rasoirs jetables, mais lui, sa liste à la main, l'air concentré, faisait manifestement ses courses pour la semaine. La voyageuse du samedi matin ? Sa fille venue en week-end chez son père, du moins, elle se plaisait à le croire. D'ailleurs, la jeune personne attendue chaque week-end par ce monsieur d'un certain âge, vêtu d'une parka kaki l'hiver et d'une veste en velours côtelé l'été, avait l'air juvénile, une étudiante qui étudiait à Paris sans doute.

Veuf ? Non, il n'avait pas l'air triste. Séparé de son épouse, divorcé ? Peut-être bien et l'idée n'était pas pour lui déplaire. D'ailleurs, ne se souvenait-elle pas l'avoir vu pour la première fois, quelques années auparavant au Collège où elle enseignait, lors d'une rencontre parents-professeurs ? Elle n'avait vu que lui d'ailleurs, avec sa haute silhouette, ses cheveux blancs indisciplinés, trop à l'étroit dans ce couloir où il attendait son tour. Hélas, elle ne le comptait pas au nombre de ses pères d'élèves ; l'année prochaine peut-être…

Pour l'avoir reconnu au sortir de la Cité judiciaire, enveloppé dans son grand pardessus bleu marine et les cheveux en bataille luttant contre le vent qui s'engouffrait dans son vêtement et le décoiffait, elle l'avait longtemps cru avocat, et elle s'était dit que si le ramage était aussi beau que le plumage…

Et lui, que savait - il d'elle ? Elle se le demandait, sûre à en croire ses regards, qu'il se posait lui aussi des questions à son sujet. Sans doute, avait-il deviné qu'elle vivait seule la semaine, bien que mariée sans doute, avec ce monsieur qui revenait dans sa vie, chaque samedi à 11 h 45 par le train en provenance de Paris-Montparnasse. Peut-être aussi qu'il l'avait aperçue dans son cadre de vie, ma foi bien sauvage pour une femme seule, à savoir un pavillon des années soixante entouré d'arbres en bordure de la route qu'il empruntait quotidiennement pour se rendre ou revenir de son travail. Elle l'avait bien vu elle, au volant de sa voiture ralentie par la proximité du carrefour…

Et puis, il y avait eu cette rencontre au Collège, il la savait donc professeur, mais de part et d'autre, toutes ces indications suffisaient-elles à leur connaissance réciproque ? N'était-ce pas là seulement la partie émergée de l'iceberg ? Restait à imaginer la partie immergée, en fonction de leurs fantasmes… D'après elle, il vivait dans une maison bourgeoise dans un village du nord, Sarthe, volontairement à l'écart des turpitudes humaines : viols, incestes, meurtres crapuleux, loin du marigot où les crocodiles du Palais de Justice se dévorent entre eux. Comment occupait-il ses soirées si tant est qu'il ne tombât pas de sommeil après le repas du soir préparé à grand soin par son épouse, mais fallait-il encore qu'il en eût une… Non, c'était plutôt une sorte de gouvernante qui lui mijotait de bons petits plats pour compenser le sandwich du midi engouffré au bureau pour gagner du temps ou la sempiternelle salade composée du Bastingage, un endroit où il avait ses habitudes, où on le servait sans même lui demander ce qu'il voulait Regardait-il les informations pour être au courant du train du monde ? Lisait-il dans l'Ouest - France la chronique des faits divers, pour lui, un avant-goût des jours à venir, le compte-rendu des affaires locales, un écho d'hier ? Non, il ne jouait sans doute pas les prolongations et feuilletait plutôt, comme elle, l'Express, à moins qu'il n'écoutât de la musique, de la musique classique ou comme elle, du jazz ?

D'après lui, le soir venu, elle corrigeait ses copies, préparait ses cours du lendemain avec le plus grand sérieux, car tout en elle l'était : sa mise stricte qui confinait à l'uniforme ; manifestement, elle avait une prédilection pour le noir et blanc, sa coiffure presque austère, cheveux toujours tirés retenus par un catogan, sa démarche mesurée, sa voix de soprano (il l'avait entendue parler aux caissières du supermarché). Peut-être hantait-il ses nuits ? Il ne se pouvait qu'elle fût ce qu'elle faisait accroire et dans ses rêves les plus fous, elle était sans doute, infiniment plus vraie…

D'elle, de lui, ils ne sauraient jamais plus que ce qu'ils avaient imaginé : un beau jour, ou plutôt un triste jour, elle n'attendit plus le passager du train de 11 h 45 en provenance de Paris-Montparnasse et bientôt, ne le vit plus lui, descendre les marches du Palais de justice qu'il descendait si bien…

Sac ou souk à la bibliothèque ?

Quelle chaleur ! Un transat, une Heineken bien fraîche, un bon livre et ce serait le bonheur… Oui, mais, ce samedi après-midi de juillet, sa bibliothèque du Centre-Ville, car depuis le temps qu'il la fréquente elle est un peu sienne, est fermée. Quel idiot de n'avoir pas pensé plus tôt à prendre *Voyage au pays des juges*, le dernier livre de M. Boulard, le maire de sa ville, une sorte de thriller politique dans lequel l'édile règle ses comptes avec la justice, paraît-il. C'est vrai que, par les temps qui courent, il y a beaucoup à dire en matière de justice et de politique…

Et s'il prenait son courage à deux mains, pour parler clair, s'il pédalait, malgré la chaleur, juste pour voir ; on ne sait jamais, peut-être qu'une bibliothécaire en manque elle aussi ou en train d'équiper des livres à l'étage, lui ouvrirait en le reconnaissant derrière la porte ; c'est qu'il est quand même un bon lecteur. La preuve, il a déjà dévoré les 3 livres empruntés pour sa semaine ; c'est vrai qu'il est en vacances…

Raison de plus pour vouloir un livre ce samedi après-midi où, compte tenu de la canicule, on, en tout cas lui, ne peut rien faire d'autre que lire.

Mais voilà, il lui faut du courage et par une chaleur pareille, son courage fond comme beurre au soleil, d'autant qu'il y a, sur son parcours, beaucoup de côtes…

Qu'à cela ne tienne, il veut ce livre et il l'aura.

Aussi, arrive-t-il, suant à grosses gouttes comme s'il avait franchi le col du Galibier, à la bibliothèque, dont la porte s'ouvre contre toute attente, en dépit du panneau « Fermé ».

Curieux, mais puisque ça l'arrange… Cependant derrière le comptoir, point de bibliothécaire. À part cela, tout est comme d'habitude : livres encaqués dans les rayons idoines, tiroir-caisse fermé, regard vide de l'ordinateur et rien alentour. Bizarre tout de même…

La bibliothécaire qui a ouvert la porte et ne l'a pas refermée derrière elle est peut-être à l'étage, là où, du moins il le suppose, on équipe les livres, là où on entrepose sans doute la modique recette de la semaine. Elle ne saurait tarder à redescendre ; il suffit d'attendre peut-être, pourtant, c'est inquiétant, il a beau tendre l'oreille, pas un bruit. Toutefois, avant de fourrager dans les rayons et de se servir comme au supermarché, attendre d'abord ; on est bien élevé ou on ne l'est pas.

Le temps lui semble long, trop long… Encore s'il y avait un distributeur d'eau pour se désaltérer, mais rien pour étancher sa soif.

Qu'à cela ne tienne, il lui faut en avoir le cœur net et pour cela, se risquer dans l'escalier en colimaçon dans lequel il se sent à l'étroit, un éléphant dans un magasin de porcelaine… Les marches craquent sous ses pas ; il ne se savait pas aussi lourd…

Tiens, la porte est ouverte. Il s'attend au pire : on a mis à sac l'étage non pas pour voler des livres ; il y a belle lurette que ça ne se fait plus (le dernier « bibliocleptomane », un certain comte Libri n'a pas fait école), mais pour mettre la main sur le magot de ces dames ; pas le casse du siècle bien sûr, mais de quoi se faire quelques fumettes avec les potes dans le hall de leur immeuble. Ouf, la dernière marche franchie, il va en avoir le cœur net. Il s'avance à pas comptés dans ce sanctuaire. Comme en bas, tout est parfaitement en ordre. Ces dames, bien que bénévoles, prennent décidément leur rôle au sérieux. Alors, pour lui, c'est la quadrature du cercle et le dilemme : appeler la police, mais il n'y a rien à déclarer, pas même une effraction, faire comme si de rien n'était, décamper et pédaler le plus vite possible pour regagner son domicile ; ça tombe bien au retour, il n'y a que des descentes, mais si d'aventure, il a été vu et qu'un cambriolage ait lieu durant le week-end, il pourrait être impliqué. Sale histoire !

Une sonnerie de téléphone. Il déboule quatre à quatre l'escalier. Il arrive trop tard, mais à la vue de la liste des bibliothécaires et de leur numéro de téléphone, il a une idée : appeler Mireille, la bibliothécaire du samedi après-midi, la spécialiste des policiers ; elle va le tirer d'affaire.

Ouf ! Elle est là et son Allo, j'écoute… le requinque comme un whisky après une dure journée.

Il voudrait raconter, mais Mireille lui coupe la parole.

— Pas de panique, il n'y a pas mort d'homme, j'arrive !

Elle en a de bonnes Mireille, il aurait bien voulu la voir à sa place tout à l'heure, mais c'est idiot, elle aurait eu la clef, elle… En tout cas, elle a fait vite et la voilà tout essoufflée, mais pas le moins du monde perturbée.

C'est vrai qu'elle en a vu d'autres à la bibliothèque des Sablons, un quartier populaire, un quartier plutôt chaud comme l'on dit. Responsable de cette antenne des Bibliothèques pour tous, elle en a, en effet, vu de toutes les couleurs. Régulièrement visitée, vandalisée pour le plaisir, on a, dû de guerre lasse, fini par la fermer, au grand regret d'ailleurs de la bibliothécaire.

En effet, il s'y passait toujours quelque chose, c'était comme aux Galeries Lafayette. Elle s'y était fait des relations, les policiers qui venaient régulièrement faire leur ronde et l'avaient prise sous leur aile en quelque sorte. Oui, malgré tout, elle s'y plaisait bien : le samedi matin, après le marché du quartier si haut en couleur, les dames dont certaines en boubous posaient leur panier et lui faisaient la causette. On parlait de livres bien sûr, mais de bien d'autres choses encore, de la vie pas de tout repos aux Sablons, des dégradations dans les tours, de plats typiquement africains, d'épices. C'était autre chose que dans cette bibliothèque du Centre-Ville où les permanences sont sans histoires, où les lecteurs, des gens comme il faut, lui ressemblent.

Alors, pour une fois qu'il s'y passe quelque chose, enfin pas grand-chose, car elle a sa petite idée sur la question…

Aussi, à peine entrée, sans demander plus d'informations au lecteur qui l'a alertée et pourtant tout disposé à les lui donner, va-t-elle tout droit vers le rayon 320, dévolu aux sciences politiques. Le 320-947, c'est-à-dire *Entre deux mondes* d'Hélène Carrère d'Encausse n'est plus là or il y était encore hier soir, à la fermeture de la bibliothèque ; elle en mettrait sa main au feu.

C'est un indice.

Elle sait qui est non pas la coupable, un bien grand mot en l'occurrence, mais en tout cas, la fauteuse de troubles. La présomption de culpabilité est devenue, certitude : Juliette, férue d'histoire et de politique, lectrice inconditionnelle d'Hélène Carrère d'Encausse est venue subrepticement emprunter l'ouvrage et aura oublié de fermer la porte en partant. Quelle tête de linotte !

Élémentaire, mon cher Watson ! comme disait Sherlock Holmes : il suffisait de connaître la passion et la distraction de Juliette.

Pas de quoi fouetter un chat, c'est bien ce qu'elle pensait en venant au secours de ce pauvre lecteur qui s'est fait du mauvais sang pour rien et reste là, planté comme un piquet devant le comptoir, manifestement intrigué par son manège.

Il restera cependant sur sa faim, car Mireille ne dénoncera pas la coupable Pas question de mettre en cause une des leurs ; ça ferait désordre et puis, Mireille est une spécialiste reconnue du genre documentaire et qui plus est, une amie. Il n'empêche qu'entre quatre yeux, elle la rappellera à l'ordre : c'est que, à cause de cet oubli fâcheux, elle a dû interrompre ses mots croisés. Aussi, le plus naturellement du monde, Mireille, avec un large sourire et en agitant sa clef, de dire au lecteur médusé

— Grâce à vous, la bibliothèque ne sera pas mise à sac comme celle d'Alexandrie…

Éberlué et quelque peu désappointé, ce dernier cependant de rire jaune. Faute d'explications, ce qu'il voudrait c'est qu'au moins, on finisse par lui prêter en priorité, ce pour quoi il est venu en vain aujourd'hui, à savoir *Voyage au pays des juges*. Il l'a bien mérité quand même !

Mon arbre

Auprès de mon arbre je vivais heureux
J'aurais jamais dû m'éloigner de mon arbre
Auprès de mon arbre je vivais heureux
J'aurais jamais dû le quitter des yeux

chantait Brassens

Comme il avait raison !

Mon arbre, mon arbre à moi, un anonyme, aussi vieux que ma maison, la plus vieille de la rue avait fait le bonheur de plusieurs générations et, faisait maintenant, le mien. De sa luxuriante ramure, non seulement, il régalait mes yeux, mais qui plus est, me protégeait des regards indiscrets. L'été venu, dans son ombre généreuse, en-cas à n'importe quelle heure, sur ma table de jardin recouverte d'une nappe en plastique, un cache-misère, farniente, siestes à ma guise dans mon transat relégué au grenier l'hiver, lecture à discrétion, rêvasseries, tout cela accompagné par les joyeux pépiements des oiseaux qui, dans la plus grande insouciance, voletaient d'une branche à l'autre. La béatitude…

Bien sûr, à l'arrivée de l'automne, mon arbre perdait bien quelques feuilles qui craquètent tristement sous mes pas dans l'allée, mais contrairement à mon camélia, lui ne se dénudait jamais. Décent tout au long de l'année, il était et, je lui en savais gré. Élément permanent du décor, toujours feuillu, il garantissait ainsi non seulement mon intimité, mais également celle de mes voisins. Cependant, l'automne venu, quelques feuilles emportées par le vent d'atterrir malencontreusement dans les allées bitumées des jardins situés en contrebas, et d'y pourrir lamentablement, laissant derrière elles, un noirâtre décalque. D'où d'abord, des paroles aigres-douces de la part des propriétaires, à gauche, un vieux grincheux, à droite, une vieille dame qui ne l'était pas moins : *Un bel arbre, c'est sûr, mais qu'est-ce qu'il a comme feuilles, elles tombent jusque chez nous…* puis, vigoureux coups de balai et raclements ostentatoires de la pelle pour évacuer les coupables et, pour finir, une suggestion *Il faudrait peut-être l'élaguer votre arbre…* Bref, mon arbre dérangeait… Cependant, pas question pour moi, de le mutiler pour des feuilles importunes. Plantureux, certes, mon arbre l'était, mais il le resterait : c'est ainsi que je l'aimais… Et les plaignants de se faire une raison : la moins vieille qu'eux ne céderaient jamais : elle était coriace… Puis, plus de soucis : du jour au lendemain, ils s'en allèrent et leurs maisons respectives restèrent vides pendant plusieurs années.

Mais, hélas, c'était trop beau pour durer…

Ce samedi matin-là, pas un nuage dans le ciel, la journée printanière s'annonçait belle. J'allais en profiter pour tailler mes rosiers. En fin de matinée, un coup de sonnette ! Le facteur sans doute… Vite, j'ôte mon tablier de ménagère et me précipite pour lui ouvrir. Eh non ! au pied de la porte, mes nouveaux voisins que je connaissais à peine. Un peu en retrait, celui de gauche, la quarantaine, dans la force de l'âge qui, le week-end, avait, il est vrai, la fâcheuse habitude de bricoler précisément à l'heure des repas dans son garage contigu à ma cuisine. Un pied déjà sur la première marche, ma voisine du fond, une jeune femme en congé de maternité qui, à son arrivée, s'était d'ailleurs fort aimablement, présentée ; ce que j'avais d'ailleurs particulièrement apprécié. Une visite de courtoisie ? À voir leur mine peu amène, ça m'étonnerait…

Qu'à cela ne tienne, je les fais entrer et d'entrée de jeu, d'un ton décidé, la jeune femme de prendre la parole :

— C'est à propos de votre arbre…

Moi, éberluée, car compte tenu de la saison, ce ne pouvait être à cause des feuilles, une histoire ancienne d'ailleurs…

Et la voilà qui brandit une photo sur son portable, celle de notre mur mitoyen.

Du doigt, elle me montre une lézarde qui datait d'ailleurs, puisque colmatée et d'un ton catégorique :

— Regardez !

Moi, abasourdie

— Et alors ?

— Ses racines : il est planté trop près du mur.

Le monsieur, d'abonder dans son sens.

— Chez nous, c'est pareil !

Médusée, j'ose toutefois un timide rappel :

— Mais jamais, vos prédécesseurs.

Mon interlocutrice de me couper la parole :

— Trop vieux…

Le monsieur de ne pas piper mot, mais d'opiner de la tête.

Sa compagne d'ajouter alors :

— Il n'empêche que c'est dangereux : en contrebas derrière, il y a la cabane de ma petite fille…

Le monsieur d'enfoncer le clou :

— À terme, c'est sûr, les murs vont finir par s'écrouler.

Je dois reconnaître qu'en ce qui concernait les derniers occupants de leur maison, ils disaient vrai, mais fallait-il pour autant, les croire quant à la dangerosité de mon arbre ?

Aussi, décontenancée par leurs doléances d'écourter leur visite par un sec :

— Je vais réfléchir…

Et, je l'avoue, de les reconduire un peu froidement…

La porte refermée, pour me remettre, je me suis assise. Il me fallait en effet réfléchir : je n'allais quand même pas abattre mon arbre à souvenirs. Images d'un autre temps, chapelet du passé que, bouleversée, j'égrenais maintenant. Périlleuses escalades de mes petites-filles pour en escalader les branches, mais un jeu d'enfant pour mon jeune chat pour gagner ensuite le chapeau du mur voisin. À son ombre, repas le plus souvent improvisés, ponctués de fous rires des deux coquines pour m'avoir fait enrager, d'éclats de voix de ma part, pour une mauvaise tenue à table, un verre renversé, une tache, des doigts poisseux, des vétilles, vite oubliées. BD qu'elles se disputaient, chicanes à n'en plus finir, aveux forcés de leurs bêtises, pleurnicheries et *Carambas* ou *Malabars* consolateurs. Plus tard, confidences en tous genres : chimères, turbulences familiales, éphémères peines de cœur que j'écoutais tout en regardant mon chat, un sénior maintenant, faire en notre honneur de voluptueuses roulades. Le bonheur des étés d'antan… Non ! j'allais entrer en résistance : c'était à mon passé qu'on s'en prenait…

Mais s'ils avaient raison…

Non seulement mes voisins avaient bel et bien gâché ma si prometteuse journée, mais également la nuit consécutive : un moellon de roussard se détachait, boulait jusqu'en bas, au risque de blesser un des occupants des maisons, s'abattait sur la cabane de la petite-fille de ma voisine, les murs en cause s'effondraient, les voisins au visage déformé par la colère, pointaient vers moi un doigt vengeur… Toujours est-il qu'au terme de ces cauchemars, dès potron-minet, je relevai dans l'annuaire les coordonnées d'un expert qui saurait évaluer la dangerosité de mon arbre, lequel appelé en urgence, venu sur le champ, me conseilla, dans mon intérêt, me dit-il, de l'abattre. D'après lui, une procédure serait longue, onéreuse, aléatoire et rendrait difficiles mes relations avec les voisins. Il comprenait bien mon attachement à mon arbre, mais pour 280 euros, j'aurais la paix…

Sans plus tarder, rendez-vous est pris avec une entreprise pour l'abattage. Funeste jour ! Au bruit strident de la scie électrique, comme d'habitude en cas de danger, mon chat se planqua. Moi, réfugiée dans ma cuisine, littéralement tétanisée, dès les premiers coups portés, comme Ronsard, s'adressant aux bûcherons de la forêt de Gastine, j'aurais voulu crier *Écoute, bûcheron, arrête un peu le bras* mais il était trop tard… Horrifiée, j'assistai alors au dépeçage de mon arbre dont il ne reste maintenant plus qu'un moignon encapuchonné dans du plastique vert, dérisoire rappel de son existence passée, ce, jusqu'à son ultime décomposition. Avec lui, des petits bouts de mon passé de grand-mère s'en sont allés…

Ma voisine, après m'avoir félicitée pour ma réactivité, ce dont, a posteriori, j'étais loin d'être fière, déménagea quinze jours après le carnage : le couple n'avait occupé cette maison que le temps d'y faire des travaux fort longs et bruyants d'ailleurs, avant de la louer…

Mon voisin, lui, ne m'a jamais reparlé de mon arbre, le fauteur de troubles qui aurait pourtant dérobé à ma vue, la terrasse à l'aménagement de laquelle il semblerait qu'il ait renoncé…

Le marché de Juliette

Juliette est fidèle au marché du dimanche. Changeant de peau, façon de parler chaque saison, mais pas de panier, elle baguenaude, d'abord sur la place du Jet d'eau, la partie noble du marché. Il fait beau et puis elle a tout son temps : on ne l'attend plus chez elle, à part son chat pour le poisson du dimanche.

Près de la statue de Wilbur Wright qui prend son envol, les bouquinistes. Tel un orpailleur, elle fourrage sans vergogne dans les rayons des livres d'occasion. Il y en a pour tous les goûts : des classiques peu regardés, des nouveautés très demandées, mais peu, voire pas de bandes dessinées. Dommage pour les enfants qu'on a tirés du lit pour faire le marché en famille et qu'on consolera avec une crêpe au chocolat ou à la confiture qui leur laissera les doigts collants et des moustaches et leur vaudra peut-être une gifle, paraît-il, bien méritée !

Hélène furète, feuillette, rejette les livres indésirables sous le regard blasé du marchand. Tiens *Une vie* de Maupassant assez vieux et dépenaillé pour remplacer le sien qu'elle a prêté et qu'on ne lui a pas rendu, comme tant d'autres livres d'ailleurs. Une trouvaille qu'elle engloutit dans son panier encore vide. Ce livre n'a pas de prix pour elle, mais il en a un pour le marchand qui, enfin débarrassé de cette vieillerie, empoche avec satisfaction ses quatre euros. Les Maupassant ne font pas recette en dépit des adaptations télévisées ou peut-être à cause. Allez savoir…

Tranquillement, elle remonte vers le jet d'eau. Le bourdon de la Cathédrale, figure tutélaire, sonne la grand-messe. Sa messe à elle, c'est le marché, sa façon à elle de célébrer le jour du Seigneur.

Elle fait son chemin entre les portants lourds de ces indémodables qu'on ne trouve que sur le marché, des vêtements sans âge qu'elle a vus sur le dos de sa mère en son temps, mais qu'elle ne verrait pas sur le sien, pas plus d'ailleurs, il est vrai, qu'elle ne se verrait avec les collants des frères Jacques et la tunique prénatale à la mode. Décidément, elle ne peut pas s'habiller sur le marché, mais de toute façon, elle n'y est pas venue pour ça, mais pour se ravitailler, comme disait son voisin, un vieux monsieur marqué par la pénurie de la guerre.

Il n'empêche qu'elle prend plaisir à déambuler : pour elle, le spectacle est partout. Par terre, à même le sol, des objets hétéroclites, glanés par les brocanteurs au hasard des ventes, des successions et prétendus d'époque qui attisent la convoitise des nostalgiques du passé toutefois sur leurs gardes. Pas question de se faire avoir !

À la terrasse des quatre cafés qui flanquent la place, on prend l'apéro du dimanche en famille, entre amis ou en solitaire, embusqué derrière le JDD ou les journaux locaux, l'Ouest-France, le Maine Libre pour connaître le score du MUC au dernier match ou ce qu'on peut faire pour occuper son dimanche. Là, un attroupement autour d'un camelot qui a du bagout. Elle ne le voit pas, mais elle l'entend, hélas, haranguer la foule. *Approchez Mesdames, approchez Messieurs, pour la paix des ménages, le robot qui fait tout chez vous…*

Heureusement, grâce au vendeur de CD, la chanson d'Edith Piaf

Emportés par la foule
Qui nous traîne, nous entraîne
Écrasés l'un contre l'autre
Nous ne formons qu'un seul corps…

déferle sur la place et la voix rocailleuse de la chanteuse couvre celle du braillard.

Maintenant, le marché s'étrangle, c'est le marché sérieux où l'on vient s'approvisionner pour la semaine. Il faut jouer des coudes pour avancer dans les allées, éviter les caddies qui vous arrivent brutalement dans les jambes.

— Ouille, ouille, vous pourriez pas faire attention !

Juliette se retourne, furibonde vers l'agresseur, un monsieur d'un certain âge, au crâne un peu dégarni et à la mine si contrite que la colère de Juliette fond comme beurre au soleil. Elle lui paraît maintenant si disproportionnée, qu'elle a presque honte de s'être emportée de la sorte. C'est toujours comme ça avec elle, une vraie soupe au lait.

Elle s'excuserait presque, mais se contente de dire, quand même du bout des lèvres :

— C'est rien !

Voilà qu'elle se trouve ridicule maintenant d'avoir agressé pareillement celui qu'elle a pris pour un malotru et qui, finalement, n'est qu'un maladroit. C'est vrai ça, si on vient au marché, on prend ce genre de risque après tout.

Plantés là devant les éventaires des maraîchers qui se succèdent encore de père en fils et vendent les primeurs les plus écologiques qui soient sans être pour autant bio, ils encombrent l'allée et on leur fait sentir.

— Et si, pour me faire pardonner, je vous offrais un bouquet…

Un bouquet, ma foi, ça ne se refuse pas d'autant que ça fait bien longtemps qu'on ne lui en a pas offert et puis les fleurs rustiques de la maraîchère d'à côté tout droit venues du jardin : cosmos, reines-marguerites, zinnias, dahlias, lui font envie.

De toute façon, il n'a pas attendu sa réponse. Avec un large sourire, il revient vers elle maintenant, rouge de plaisir, et lui tend un bouquet grossièrement emballé dans du papier journal, le plus beau bouquet du monde, celui qu'on n'attend pas, celui qu'on n'attend plus…

C’est au « Baobab » que tout a commencé…

Dehors, il bruine. C’est novembre à Paris, la grisaille de saison.

Pierre et Jean, deux copains d’enfance après s’être perdus de vue pendant de longues années, se sont retrouvés par hasard et avec grand plaisir, dans le métro à la fin de l’été. Les voilà aujourd’hui, attablés au « Baobab », le café de Pierre et de Sophie, sa femme. Ils parlent des vacances à venir, histoire de se remonter le moral. Ils ont beaucoup bu et fumé aussi, trop sans doute…

Sophie les écoute distraitement en tournicotant entre ses doigts bagués aux ongles peints la petite ombrelle multicolore, puéril ornement de sa poire Belle Hélène, depuis longtemps engloutie. Elle raffole des poires Belle Hélène et par voie de conséquence, fait d’ailleurs la collection des ombrelles, vestiges d’une intimité avec Pierre dont elle entend garder l’exclusivité.

Tout à coup, Jean lance :

— Pierre, tu te rappelles ce grand livre plat avec sur la couverture, un chameau ou un dromadaire, je ne sais toujours pas faire la différence, que nous avons lu et relu, étant gosses, c'était quoi déjà le titre ?

— Ah oui, *Voyage au Sahara*, pourquoi ?

— Comme ça, on avait dit que quand on serait grand, on irait au Sahara…

Et Pierre avec un soupir :

— On a dit tant de choses quand on était gamins, et qu'on n'a pas faites, c'est la vie…

Mais Jean tout excité :

— Et si, histoire de se rattraper, on y allait ensemble à Pâques par exemple, en tout cas, avant d'être vieux…

Sophie, préoccupée par une sensation de brûlure au niveau du visage, n'a pas vraiment suivi la conversation. La fumée de cigarette sans doute ; il suffit d'un rien pour provoquer chez elle une allergie, son talon d'Achille… Décidément, cet endroit enfumé ne lui vaut rien, mais Pierre et Jean s'y plaisent, alors…

— Et toi, Sophie, tu serais du voyage ? demande quand même Jean.

— Quelle question ! Le Maire n'a-t-il pas dit de suivre son mari et puis moi, pourvu que je fuie le béton de la Défense, ma caisse des « Quatre Temps », mon quotidien, quoi…

Après un dernier verre levé à leur voyage pascal au Sahara, ils se retrouvent titubant plus ou moins sur le trottoir luisant de pluie, Sophie entre les deux copains, les abritant sous son vaste parapluie.

Le printemps enfin arrivé, plus précisément Pâques, cap au sud. Ils roulent, ils roulent, mais ils ne verront pas le désert ce soir : la nuit est tombée trop vite, une nuit sans lune.

Au réveil, ils se frottent les yeux, les dunes du Grand Erg Oriental ondulent à l'infini. Du sable, rien que du sable, un sable de miel au lever du jour, des vagues immobiles et silencieuses de sable. À leurs pieds, un scarabée, tache vivante aux vives couleurs, y fait son chemin d'un train de sénateur. Ils courent eux, en haut de la première dune et découvrent que le désert n'est pas si désert qu'on le dit : au creux de la vague, des palmiers dattiers qui trouvent l'eau on ne sait où et çà et là, des chameaux aux pattes antérieures attachées pour qu'ils ne s'éloignent pas trop sans doute, broutent les rares herbes, mais pas trace de renards, ni de serpents.

Sophie s'en étonne : elle a lu *Le Petit Prince*.

Jean qui, avant le départ, s'est documenté sur le désert, pas mécontent d'étaler sa science, lui explique que le renard de Saint-Exupéry n'était sans doute qu'un fennec, un petit renard à longues oreilles qui ne se voit pas camouflé qu'il est par son pelage couleur du sable et le serpent, vraisemblablement, une vipère à cornes que le chasseur attrape à l'aide d'un nœud coulant qu'il place derrière la tête du reptile.

Sophie ne l'écoute que d'une oreille : il l'agace à faire le savant. Son mari ne pipe pas mot. Lui, qui s'est concentré sur la logistique, à savoir l'organisation du voyage, doit juger dérisoire, cette mise au point.

Elle se console à la vue d'une fleur rose, en réalité une pierre, plus précisément une rose des sables qu'elle va rapporter à Paris, preuve irréfutable de son expédition au Sahara, de quoi épater ses collègues.

Muets maintenant, même Jean, ils reprennent la route.

À partir de Touggourt, « La perle du désert », les dunes disparaissent progressivement pour faire place après Ouargla, à une vaste étendue monotone totalement inhabitée, enfin pas tout à fait puisque soudain, le long de la route, au milieu de rien, une maison enfin quelque chose qui y ressemble…

— Bagdad café ! trompète Sophie qui n'a oublié ni le film ni surtout son envoûtante musique.

— Oh, toi et tes références ! lâche Jean, agacé.

Sophie à l'arrière du 4X4, brimbalant, se rembrunit et se rencogne comme pour se faire oublier. Pierre au volant, lance à Jean un sale coup d'œil : c'est vrai, à la fin, on a les références qu'on a et puis lui aussi, même s'il ne l'a pas dit, a fait le rapprochement avec *Bagdad café*. Son copain fait un peu trop le mariole et commence à lui taper sur les nerfs.

Jean, carte en main, navigue, mais de temps en temps, jette un regard sur la passagère qui a fini par s'endormir malgré les soubresauts du véhicule tout terrain. Elle ne paye pas de mine dans son accoutrement de baroudeuse, rien qu'un petit tas sur la banquette. Pauvre Sophie, au naturel, c'est-à-dire sans maquillage, elle, qu'il a trouvée plutôt sexy à Paris, lui semble finalement ordinaire, très ordinaire même…

Assoiffés, en sueur, tendus, ils font halte au « Bagdad café ». Un routier y est attablé. Il boit du thé. Pas question de boire autre chose par cette chaleur. Il a besoin de parler. Trop de silence dans sa vie. Trop de solitude aussi.

Il explique aux trois touristes qu'il transporte du sucre depuis Alger jusqu'à Djanet soit 4000 km aller et retour à travers les pistes aléatoires du désert. Le désert, il le connaît bien et sait s'y orienter loin des pistes balisées. Il y roule même de nuit. Le désert, il l'aime et le désert le lui rend bien, car il ne lui est jamais rien arrivé alors que le désert peut être dangereux, meurtrier même, surtout maintenant… Pas besoin d'en dire plus ; les voyageurs ont compris : ils lisent les journaux et regardent les infos. Le visage de Sophie à ce dernier mot s'assombrit. L'homme, pour la rassurer sans doute, dit pourtant ne pas pouvoir se passer du désert au point qu'à peine arrivé à Alger, il ne pensera plus qu'à repartir.

La magie du désert n'a cependant pas encore opéré sur les trois voyageurs ; il faut aller plus avant sans doute.

Requinqués par les traditionnelles trois tasses de thé vert et les dernières paroles du fascinant personnage, ils reprennent la route. Toujours à l'arrière de la voiture, dans la position fœtale maintenant, Sophie, silencieuse, rumine le mot meurtrier employé par le chauffeur amoureux pourtant du désert et, pour échapper à ce mot, véritable balle de ping-pong dans sa tête, elle chantonne :

Un dromadaire avançait dans le désert avec sa valise sur le dos. Il demandait : Vous n'avez pas vu la mer ? J'irais bien plonger dans l'eau. Il y a vingt jours que j'avance, mais hélas ! C'est vraiment une sacrée marée basse ! Un dromadaire dans le désert cherchait la mer…

Cette chanson se chante en canon et ça peut durer des heures, de quoi traverser le désert sans s'en rendre compte, mais Pierre, un ténor de qualité qui la connaît, n'ose pas se lancer et il a raison. Jean, en effet, n'en peut plus de cette chansonnette à quatre sous par trop niaise et répétitive, même si elle est d'actualité. Il se demande comment faire taire la chanteuse sans être trop désagréable, mais tout à coup, les notes se coincent dans la gorge de Sophie et c'est le silence, un inquiétant silence.

Pierre, sans se retourner :

— Un problème Sophie ?

— C'est mon visage, ça me cuit…

Jean, lui, se retourne.

Sophie ne se ressemble plus : son visage est gonflé en particulier, autour des yeux. Elle a tout présentement, du batracien. Pauvre Sophie, si elle se voyait…

Mais ce que Jean ne sait pas c'est que hélas, elle s'est vue souvent dans cet état. Pierre aussi. Ce dernier lui demande quand même, par principe, car il connaît la réponse.

— Encore ton œdème de Quincke ?

Sophie, d'une toute petite voix :

— Pas impossible : j'ai des frissons et je suis en sueur.

Jean alarmé :

— C'est quoi l'œdème comme tu dis et pourquoi SON œdème ?

Pierre, sèchement :

— Une allergie chronique

Jean, furieux :

— Vous auriez pu m'en parler avant ! Pas malin de n'avoir pas mis au courant votre coéquipier !

Et persifleur :

— Pas une allergie au sable ou au soleil au moins, ce serait un comble !

Pierre, d'un ton faussement dégagé :

— Ça tombe mal, d'accord, mais pas dramatique pour autant : avec du *Cortancyl* à haute dose, Sophie, comme d'habitude, va stopper l'évolution de l'œdème, pas vrai Sophie ?

Et Sophie, piteuse :

— Ben, ça fait un certain temps que…

Pierre a compris, Jean aussi, les voilà dans de beaux draps, en plein désert…

Jean, angoissé maintenant :

— Et c'est quoi la suite sans *Cortancyl* ?

Pierre, sait que sans *Cortancyl*, si Sophie vient à mal respirer, elle risque l'asphyxie, mais il se contente de dire sèchement :

— Il en faut à tout prix ; un point c'est tout !

Mais, à l'intention de sa femme, et radoucissant son ton :

— Ma Sophie, le rallye des gazelles, c'est pas encore demain pour toi !

Un pauvre sourire éclaire alors la face défigurée de Sophie ; c'est bien de son Pierre de plaisanter dans les pires moments. Il n'empêche qu'à Paris, elle irait tout droit à l'hôpital si ça empirait, mais là, en plein milieu du désert… Ah ! Si elle était à Paris…

Jean est vert de rage : elle est chouette la femme de son copain, une chieuse de première, pourtant, au « Baobab », le soir où ce voyage a été décidé, plus qu'effacée, toute la soirée, elle les a laissés, Pierre et lui dévider tranquillement la pelote de leur passé de gamins. Il s'en est même fallu de peu que lui, le célibataire endurci, n'envie son copain marié… Mais maintenant, à la lueur des événements, il se félicite d'être resté célibataire et regrette finalement d'avoir voulu réaliser un rêve d'enfant : ce voyage au Sahara tourne finalement au cauchemar…

Un corbeau les suit en croassant, mauvais présage…

La route, ruban gris à ne pas perdre de vue dans la formidable immensité qui la borde les conduira -t-elle jamais vers les hommes bleus du Hoggar, atteindront-ils jamais Tamanrasset, la porte du désert et se retrouveront-ils, tous les trois, par un soir de pluie sur Paris, au « Baobab », pour évoquer ensemble les souvenirs de leur expédition au Sahara, Pierre et Jean devant un whisky, Sophie devant une poire Belle-Hélène…

Forfaiture

Pour Michèle, le temps qui volait autrefois, lui pèse maintenant. Les enfants plus qu'élevés, la retraite arrivée, sa vacuité nouvelle l'angoisse comme la mer dont on ne voit pas la fin.

Alors bien sûr, qu'elle accepterait de faire la formation de bibliothécaire bénévole, même payante si elle est incontournable pour être brevetée bibliothécaire CBPT (Culture et Bibliothèques pour tous). L'association loi 1901 y est très attachée, car compte tenu de l'essor des médiathèques, la survie de ces « Bibliothèques pour tous » qui ont essaimé au début du siècle dernier dans toute la France, au grand bonheur d'ailleurs des lecteurs, s'avère maintenant problématique aussi, dans pareil contexte, n'y a-t-il pas de petits profits. D'ailleurs, pour survivre, l'association dont le siège a pignon sur rue dans le XVe à Paris prélève 30 pour cent des sommes encaissées pour les prêts de livres par toutes les bibliothèques de France, exerce en quelque sorte son droit régalien.

Et puis, elle aime les livres. Enfant, pour transgresser l'interdit, à savoir lire au-delà d'une certaine heure, elle lisait clandestinement dans son lit, à la lueur d'une lampe de poche et tout au long de sa vie, elle a, avec eux, vécu en quelque sorte par procuration, préférant la fiction à la vraie vie. Abonnée à cette bibliothèque du centre-ville depuis longtemps sans être pour autant, faute de temps, une grande lectrice, elle va pouvoir maintenant se rattraper, faire la connaissance des écrivains d'aujourd'hui, des écrivains de son temps, et fausser compagnie aux auteurs classiques qu'elle a tout au long de sa vie professionnelle fréquentés avec plaisir certes, mais qui l'ont tenue à l'écart de la modernité ; ce sera, pour elle, en quelque sorte un bain de jouvence.

Et puis, elle qui vit en recluse au milieu des arbres : bouleaux frémissants, arbres fruitiers vieillissants, saule pleureur éploré, sapins ombreux, thuyas vigoureux, retrouvera en quelque sorte la vie, à la faveur de la permanence du vendredi après-midi dans cette bibliothèque située sur une avenue passante en plein centre-ville. De plus, le cadre un peu vieillot lui plait avec son air d'autrefois, ses livres sagement alignés dans les rayons étiquetés, dont certains, ont pris de l'âge sans perdre pour autant d'intérêt. Elle en aime jusqu'à l'odeur de poussière que les ans ont déposée sur leur tranche.

Enfin et surtout, les bibliothécaires, toutes diplômées CBPT. D'abord Marie-Louise, la bienveillance même, avec laquelle elle assure la permanence du vendredi après-midi, et toutes ces dames aux prénoms d'un autre temps eux aussi : Odette, Yvette, Mauricette qui l'impressionnent par leur compétence et l'accueil personnalisé qu'elles réservent aux lecteurs, enfin surtout aux lectrices, car rares sont les messieurs à franchir le seuil de la bibliothèque. Ces derniers ne trouveraient-ils pas là, les ouvrages sérieux recherchés ou ces dames seraient-elles, elles, par trop sérieuses… En tout cas, elles se mettent en quatre pour trouver le livre demandé ou conseiller le lecteur. En effet, non seulement, elles connaissent le fonds ancien de la bibliothèque, mais qui plus est, les nouveautés, grâce aux notes bibliographiques publiées par l'association, le *Gault et Millau* des livres et la grand-messe deux fois par mois, du Comité de Lecture à laquelle elles assistent avec ferveur. D'autre part, elles connaissent aussi leur lectorat : un livre sentimental pour Mme C…, qui, malgré son âge avancé, est restée très fleur bleue, un policier plein d'hémoglobine pour Mme V…, avide d'émotions fortes, pour Mme O…, une boulimique de livres, qui dévore les nouveautés dont on parle et dont elle parlera ma foi fort bien dans l'émission littéraire qu'elle anime sur RCF.

À la novice de faire son apprentissage sur le tas, sous la bienveillante tutelle des bibliothécaires chevronnées, de s'orienter dans cette bibliothèque où elles font, elles, leur chemin, presque les yeux fermés.

Auparavant lectrice, la nouvelle venue allait tout droit vers les 800 (Littérature), mais il lui faut maintenant, trouver ses marques dans la bibliothèque pour repérer les divers : documents, biographies, romans grand public, terroirs, nouveautés, les plus demandées, heureusement mises en évidence à l'entrée, contrairement aux 200 (Religion) carrément relégués et pour cause, au fond de la bibliothèque. Pourtant, par un après-midi très chaud de juillet, un lecteur particulièrement éprouvé par la chaleur et qui s'était, en conséquence, copieusement désaltéré, de lui demander *Les vignes du Seigneur* ; sans doute *Les caves du Vatican* de Gide…

Enfin, en ce lieu dédié aux livres, la vraie vie avec ses hauts et ses bas s'infiltre sous forme de confidences chuchotées entre deux rayons, familiarité induite par la fidélité du lectorat qui donne à la bibliothèque sa particularité, voire sa raison d'être.

En tout cas, le diplôme de bibliothécaire CBPT en poche, adoubée en quelque sorte, la nouvelle recrue s'y sent à sa place, mais ce n'est pas l'avis de la Présidente. La nouvelle venue, ce transfuge de l'Éducation nationale, un de trop sans doute, aurait mauvais esprit, serait le vassal qu'elle doit, faute de le provoquer en duel, bannir au plus vite de ses troupes. Le trublion lui doit allégeance aussi, ne reste-t-il plus au suzerain, détendeur du ban, non pas à soumettre la félonne aux fourches patibulaires, Dieu merci pour celle-ci, mais à la fustiger comme il se doit. Cette dernière, d'après elle, serait incapable de travailler en équipe. Elle, aurait alors, tout au long de sa carrière, fait cavalier seul ? Jugement sans appel, aussi, nonobstant son amour des livres, son attachement aux bibliothécaires et aux lecteurs, la rebelle a-t-elle, sur le champ, démissionné.

Deux mois après, la Présidente a fait de même…

L'envol

Il fait enfin chaud aujourd'hui, même trop chaud, mais on ne va pas quand même s'en plaindre, après cet interminable hiver. Elles montent toutes deux, façon de parler, dans le tramway à la station Croix de pierre à quelques encablures de la Mairie sur les toits de laquelle sont installées des ruches en quelque sorte municipales dont Monsieur le Maire est très fier. La première, une jeune femme en jogging et sweatshirt sacrifiant machinalement au rituel garant d'un voyage sans histoire, c'est-à-dire en compostant dûment sa carte de transport, la deuxième en toute illégalité, en volant : c'est une abeille à laquelle le beau temps a donné envie de butiner ailleurs que dans les jardins environnants. Toujours est-il qu'apparemment, elle s'est trompée de direction à en croire ses vaines tentatives pour trouver une issue de secours. En effet, elle bat désespérément des ailes, se cogne lamentablement à la vitre pour ensuite retomber pitoyablement, sans émouvoir le moins du monde les voyageurs, qui les yeux rivés sur leur smartphone, ne la voient pas. Par contre, la passagère n'en pouvant plus de suivre des yeux le misérable insecte, d'assister à sa lutte pathétique pour recouvrer la liberté, de fourrager dans son sac, d'en extraire un sac en plastique qu'elle déploie prestement, de se diriger résolument vers la fenêtre, de se contorsionner pour capturer la voyageuse clandestine, sous les yeux, cette fois des voyageurs alertés par sa gestuelle désordonnée et qui maintenant, interloqués ne regardent plus qu'elle, une protectrice des animaux sans doute, mais pour eux, une folle : tout ce cirque pour une abeille !

Ouf, l'insecte est enfin dans le sac que la défenseure des animaux brandit, tel un trophée de guerre dans l'indifférence quasi générale. Du destin de l'abeille, des abeilles en général, les voyageurs se soucient comme d'une guigne… surtout par cette chaleur.

Par contre, un cycliste d'ailleurs incongru lui aussi dans le tramway, qui a de bout en bout, été témoin de la scène, regarde de plus près la jeune femme maintenant à côté de lui. Sans son vélo, lui aussi aurait volé au secours de l'abeille…

Tous deux descendent à l'arrêt suivant, et tandis que la libératrice sans plus tarder ouvre largement le sac, le monsieur de lui dire avec un large sourire *Merci pour elle !*

Et ils assistent alors, émerveillés, à l'envol de l'abeille groggy tout à l'heure, mais qui, maintenant, revigorée, s'élève dans le ciel de l'été.

Il court, il court le malotru…

Qui, depuis plusieurs années, sporadiquement, mais par tous les temps et en toutes saisons, fait nuitamment ses besoins entre les puissantes cylindrées garées dans une rue sise dans un quartier résidentiel, devenu en quelque sorte son lieu d'aisances, y signant à sa façon son passage…

Hier, il est passé par ici, demain, il repassera par là…
Il court, il court le malotru…
Et on ne l'a jamais vu…

Qui peut-ce être ?

Un toutou mal élevé, mais, depuis quand les chiens utilisent-ils du papier hygiénique ? Un SDF privé des commodités les plus élémentaires, faute de toilettes publiques en nombre suffisant dans les villes, mais non, c'est incompatible avec son itinérance. Un individu malveillant qui en voudrait à un résident de ladite rue, mais pourquoi ne pas cibler la demeure de ce dernier ? Un malade et pourquoi pas après tout, un voisin, une voisine ?

La suspicion rampe maintenant dans cette rue autrefois sans histoires… Dépôts de mains courantes, plaintes portées par les riverains au Commissariat. Rien n'y fait et l'indélicat personnage, c'est le moins que l'on puisse dire, *court toujours*...

La rue marquée à tout jamais n'est pas sans rappeler celles du Moyen Âge, sauf qu'elle n'est plus seulement nettoyée pour le passage du Roi, mais régulièrement, par les agents du Service Propreté de la ville qui ne chôment pas…

Il court, il court, le malotru, hier il est passé par ici,
demain, il repassera par là…

Tohu-bohu au Jardin des Plantes

Dieu soit loué, ça s'est produit un mardi soir et non pas un mercredi ou un week-end ni pendant les vacances…

Le lendemain, le mercredi, les enfants, les grands, comme à l'accoutumée puisqu'il faisait encore beau, l'été indien sans doute, auraient été nombreux à se poursuivre dans les allées du Jardin des Plantes, à se cacher derrière les arbres séculaires pour d'interminables parties de cache-cache, les bambins à donner de leurs petites mains, du pain aux canards, sous l'œil attentif de leur maman, à monter, les yeux brillants de plaisir sur les chevaux et les cochons du manège d'autrefois qui tourne inlassablement depuis 23 ans en dehors des jours scolaires.

Si ça s'était produit pendant les vacances, les habitués de ce Jardin des Plantes, les amoureux des roses, des arbres aux essences diverses, du soleil qui s'étale en vastes nappes sur la pelouse, de la fraîcheur des allées ombreuses, du silence que troublent seulement les gazouillis des oiseaux, les nasillements des canards et parfois des cris d'enfants, de ce ciel au-dessus de la canopée, si bleu, si calme auraient couru de grands risques ou pour le moins, auraient eu très peur…

Ce mardi soir-là, il y avait certes, en raison de l'heure tardive, moins de monde, mais encore du monde, à baguenauder dans les allées. Il faisait décidément trop beau pour rentrer chez soi. On s'attardait donc pour profiter encore des derniers rayons du soleil, de cet endroit hors du temps, mais comme un orage qui éclate à la fin d'une belle journée d'été, des vrombissements de moteur, des klaxons répétés, des hurlements de sirènes, et dans ce jardin réservé aux piétons, l'irruption tonitruante et à vive allure d'un véhicule… Au volant, un jeune qui n'arrêtait pas de klaxonner. À côté de lui, un passager plus jeune encore et très agité. Les talonnant, une voiture de police, gyrophare allumé avec à bord deux policiers, le conducteur, les yeux braqués sur leur véhicule qui se livrait à un véritable gymkhana, son collègue faisant frénétiquement de son bras hors de la portière, signe de dégager… On se serait cru dans la série Starky et Hutch…

Une jeune mère de famille affolée de prendre immédiatement dans ses bras, son petit terrorisé et les témoins éberlués à la vue de cette folle course-poursuite de se retrancher promptement sur la pelouse et, après le passage des deux véhicules, de gagner sans demander leur reste, la sortie par laquelle d'ailleurs, était entré le véhicule des jeunes qui avait lamentablement fini sa course dans l'ancienne maison du gardien. C'était décidément sérieux, trop pour rester dans ce lieu, théâtre de cette scène pour le moins improbable.

Ce n'est que le lendemain, par la presse locale qu'ils en surent plus : le jeune chauffard, sous l'emprise de l'alcool et des stupéfiants, repéré par la police pour avoir roulé sur une voie du tramway parce qu'il était trop pressé de rendre la voiture empruntée aux parents de sa petite amie, d'après lui, ses futurs beaux-parents, était parti tout droit sans savoir qu'il entrait dans le Jardin des Plantes…

Fâcheux contretemps !

Disparition

Tous les jours, dans le vent et la pluie de l'automne, le froid de l'hiver et le soleil de l'été, ils étaient là, lui et son chien pelotonné à ses côtés, un paquet fuligineux immobile et silencieux sur le trottoir, à l'angle de la devanture du Market City, un mini supermarché de ce quartier résidentiel.

Un jour, ils s'étaient installés là comme pour toujours et ils faisaient maintenant partie du décor. On ne savait rien d'eux que ce qu'ils donnaient à voir : un jeune râblé, au teint basané venu manifestement d'ailleurs et son corniaud lové dans ce qui avait dû être, il y a bien longtemps, une couverture. En revanche, à la vue du gobelet en plastique en permanence aux piéds du maître et que le grand vent parfois emportait, on savait ce que ce dernier attendait, les piécettes, qui, le soir venu, serviraient à acheter à « La petite fringale », un point de vente de pain, de viennoiseries et de gâteaux, des invendus à un prix dérisoire pour le maître, et au bout de la semaine, au Market City, des croquettes pour le bâtard.

D'aucuns passaient sans les voir, d'autres regardaient ostensiblement ailleurs, mais certains, surtout le dimanche, avaient toujours, sous la main, l'obole attendue. Ils gagnaient ainsi à petit prix, leur paradis… L'homme, engoncé l'hiver dans sa doudoune crasseuse et son toutou levaient alors des yeux émerillonnés vers le donateur ou la donatrice, leur façon de dire merci. Entre-temps, leur horizon était à ras de terre : baskets des lycéens qui, affamés mais fuyant la cantine, déferlaient en hordes, à midi, pour acheter à grand bruit, chips et cocas, talons hauts des jeunes femmes pressées qui piquetaient le trottoir comme le pivert, le tronc de l'arbre, douillettes *Méphistos*, les chaussures des séniors de la résidence voisine qui clopinaient, mais avaient le temps eux, de jeter à la volée aux deux anonymes, mais pourtant familiers, quelques mots sans d'ailleurs attendre de réponse. Quant aux enfants, ils n'avaient d'yeux que pour le petit chien qu'ils auraient bien voulu caresser jusqu'au jour où ils ne le virent plus et finalement l'oublièrent… Était-il malade, mort peut-être ou avait-il peur du Beauceron, gardien apparemment redoutable de la toute nouvelle venue prendre place à l'autre angle de la vitrine, emballée dans une capote élimée, une jeune fille hâve, tout juste sortie de l'adolescence, mais pourtant déjà à la rue, une concurrente en quelque sorte de son maître. Toujours est-il que ce dernier, faute de n'être pas en France, comme elle, chez lui, faute peut-être de ne pouvoir lui parler, lui dire que malgré ses piercings, il la trouvait à son goût, et surtout plus pitoyable que lui, il lui laissa un beau jour son bout de trottoir et disparut à tout jamais. Il faut dire que de toute façon, le quartier n'était plus comme avant, que les temps étaient plus durs pour les zonards. Maintenant, il n'était plus le pauvre du quartier, figure familière, d'autres malheureux de tous pays, de tous âges, encore plus lamentables quémandent d'une voix larmoyante dans un approximatif français à la porte de la boulangerie, de la Presse et les gens de passer maintenant leur chemin…

Bouboule

C'est comme ça qu'on l'appelait dans ce quartier populaire où elle était née et c'est vrai qu'elle aurait pu rouler. Comme le bousier qui traîne sa boule sa vie durant, elle traînait elle, maintenant jour après jour, ses 150 kilos, encombrant les trottoirs, les travées du supermarché, son paradis sans s'attirer cependant de paroles désobligeantes : c'était Bouboule ! On l'avait vue grossir au fil des ans, un point c'est tout. Par contre, dans le bus et plus tard, le tramway, où à elle seule, elle occupait deux places pour le prix d'une, on lui jetait des regards torves, surtout aux heures de pointe. Pourtant, elle avait été une petite fille comme les autres. À ceux qui ne l'avaient pas connue par le passé et qui ne la croyaient pas, elle montrait sa photo de gamine précieusement gardée, la photo d'une petite fille aux yeux pétillants de malice sous sa frange, à la jupe virevoltant autour de ses jambes fines comme des allumettes, une petite fille comme les autres. D'ailleurs, comme les autres, au jeu de l'élastique, *À la une, à la deux à la trois !* les joues rouges de plaisir, elle sautait aussi haut que ses compagnes, même plus haut qu'elles, mais c'était il y a si longtemps, dans une autre vie, sa vie d'avant…

Elle s'était, jour après jour, mois après mois, année après année, enrobée de graisse comme la marmotte pour affronter l'hibernation, mais c'était pour elle, pour un éternel hiver et un grand froid dans le cœur. Maintenant ses yeux roulaient comme des billes sur sa face adipeuse, son corps n'était plus qu'un amas de graisse ensaché été comme hiver dans une robe informe, et ses jambes, de véritables poteaux qui la portaient difficilement. Cependant si la vraie vie n'était plus pour elle, elle vivait en quelque sorte, par procuration, s'identifiant aux héroïnes des livres, des films qui parlaient d'amour tout en s'empiffrant de cacahuètes grillées, d'amandes salées dont elle vidait, au fil des pages ou des images, les paquets et c'était alors pour elle, un ersatz du bonheur !

Pourtant, un beau jour, une lueur dans sa nuit, une goutte pour étancher sa soif d'amour, un poème dédié à Océane, sa chienne bien-aimée, glissé dans sa boîte aux lettres qui avait fait fondre son cœur. Il lui fallait connaître le poète, un cabossé par la vie lui aussi qui devint son ami, plus, un jour peut-être… Plus de succédané de bonheur, mais en tout cas, des miettes de bonheur, une porte entrouverte sur la vraie vie et pour l'ouvrir plus largement, hospitalisation dans le cadre d'un régime draconien, pose d'un anneau gastrique, 50 kilos de moins, et au terme de ces épreuves, une femme enfin avec des formes, des vêtements à la mode qui l'avaient rajeunie, et même des créoles aux oreilles, ultime récompense. Pourtant, un funèbre matin à potron-minet, alors qu'elle devait partir en voyage avec les membres de l'association de son quartier, elle, toujours ponctuelle, manquait à l'appel : on la trouva morte à sa table…

Seule l'association où elle avait finalement trouvé sa place fit part de son décès…

Coupables ?

Un violent coup de sonnette au beau milieu de cette paisible nuit de juillet, de quoi tirer du lit aussi vite que possible, une vieille dame, la précipiter à sa fenêtre et, dans l'entrebâillement des volets, de voir à la lumière du lampadaire, sur le trottoir en bas de chez elle, un jeune en tee-shirt et jean, les yeux levés vers elle, gesticulant et lui parlant sans hélas, qu'elle puisse le comprendre, manifestement en détresse. Pas le temps de le faire répéter, ni d'appeler le 17, une voiture déboule à vive allure dans la rue déserte à cette heure et après un coup de frein brutal, stoppe net à la hauteur du pauvre garçon. Immédiate descente des deux passagers, de jeunes types baraqués et menaçants, qui, tout en vociférant *pauvre mec, ordure, salaud, fils de pute,* fondent sur lui, le ceinturent. Il a beau s'époumoner à répéter *C'est pas moi, c'est pas moi ! et* vainement se débattre, il est fait comme un rat. En un tournemain, ils l'embarquent dans le véhicule dont le moteur n'a pas cessé de tourner et le chauffeur, resté au volant, de démarrer en trombe. La rue, de recouvrer alors son calme et la vieille dame de se demander si elle n'a pas halluciné. Mais non, elle a bel et bien été témoin de cette scène surréaliste, certes, une première à n'en pas douter dans ce paisible quartier quasiment vide en période estivale. La preuve, le voisin d'en face maintenant, de refermer discrètement ses volets restés entrouverts à cause de la chaleur. Le tapage l'aura réveillé…

La vieille dame toute retournée de ne pas fermer l'œil, le reste de la nuit. Elle aurait dû d'abord, pour ouvrir sa porte à ce jeune aux abois, descendre quatre à quatre l'escalier, mais hélas, compte tenu de son grand âge, elle n'en était plus capable et puis sidérée comme elle l'était… Elle aurait dû composer le 17 certes, mais le temps que les policiers arrivent… Tout s'était passé si vite ! Et puis n'était-il pas coupable comme il le disait, et coupable de quoi ? Allez savoir par les temps qui courent… Aussi, le lendemain, à la première heure, pas encore remise de cette nuit agitée, la voix chevrotante, elle appelle la Police, mais comme on le lui fit remarquer, elle aurait dû le faire sur le coup, c'était trop tard…

Elle aurait dû…, facile à dire… mais était-elle, pour autant, coupable ?

Une bouée à la mer

Elle va mourir Mireille et personne n'est là, personne pour lui remonter l'oreiller, personne pour lui sourire, lui tenir la main, personne pour lui parler encore, lui dire ce qu'on ne lui a pas dit parce qu'on n'avait pas le temps, parce qu'on n'y pensait pas ; on ne dit pas assez aux gens qu'on les aime quand il est encore temps.

Où sont-ils donc tous, ses amis d'enfance, de sa jeunesse : la pieuse Marie, Geneviève, la petite Bretonne si fière de l'être, Jean, le bon élève, donneur de leçons, mais gentil quand même, et Pierre, ah ! Pierre… Où sont-ils donc tous, ses amis d'après, glanés au fil des ans, le vieux monsieur qui, comme elle promenait son chien dans le square voisin et avec lequel elle faisait régulièrement la causette, sa jeune voisine toujours prête à lui rendre service, la cruciverbiste de qualité qui la dépannait quand elle ne trouvait pas le mot correspondant à la définition, ces dames qui lui apportaient encore des livres qu'elle avait d'ailleurs de plus en plus de mal à lire et, pourtant Dieu sait qu'elle avait aimé lire, des policiers en particulier, sa spécialité et surtout, sa grande amie avec laquelle elle avait vu tant de films, fait tant de voyages, qui lui avait ouvert tant de portes sur le monde, la vie même. Pourtant, il n'y a pas si longtemps, ils étaient tous encore là…

Le téléphone ne sonne plus, pourtant elle en a deux, celui de la maison censée être pour elle de convalescence d'où elle voudrait d'ailleurs bien sortir pour rentrer chez elle, mais dont elle ne sortira hélas pas, et son portable à portée de la main au cas où…

De fugitives apparitions anonymes, toutes de blanc vêtues qui ne font que passer pour s'assurer que tout va bien pour elle, mais non, rien ne va plus… Elle attend son filleul, le fils de Geneviève, un peu son fils à elle qui n'a pas eu d'enfant. Il doit venir aujourd'hui, mais de Paris, alors comme avec la SNCF on ne sait jamais, elle l'attend, regardant compulsivement sa montre, mais le temps ne passe pas. Elle a pourtant des choses à lui dire, lui faire part de ses dernières volontés quand il en est encore temps et le temps presse. Elle aurait dû, certes, le faire avant, mais la mort était pour elle qui aimait la vie, un sujet tabou. Alors, dans sa tête, tourne en boucle le Notre Père, des milliers de fois récité Notre père qui es aux cieux, que ton nom soit sanctifié, que ta volonté soit faite sur la terre comme au ciel…, ultime recours, épave dans l'océan de l'oubli…

Huit jours après, sa montre encore à son poignet la semaine d'avant, n'y est plus aujourd'hui, son portable alors encore tout près d'elle, non plus. Désormais inutiles, dérisoires vestiges d'une vie, on les a entreposés loin d'elle, sur une tablette à côté de la grappe de raisin noir, sa dernière envie, dont elle n'a grappillé que quelques grains et une petite boîte de biscuits Delacre 1891 Tea Time, ses préférés, à peine entamée…

Et Mireille s'en est allée…

Dans la peau

Pin pon, pin pon… La sirène des pompiers comme la flûte de Hamelin dans les contes de Grimm qui attirait les rats, opérait sur l'enfant qu'il était. Dès les premiers *si (♫) la (♫)*, il était rendu à la fenêtre et fasciné, il regardait passer à vive allure le camion rouge. Son copain Victor, lui, c'était le vacarme matinal des poubelles qui le tirait vite fait du lit et ouvrir les volets pour assister à la chorégraphie immuable des éboueurs. Quand il serait grand, il serait éboueur et lui, Julien pompier.

En attendant, ce dernier jouait inlassablement au pompier avec son camion de pompier miniature et sa panoplie de pompier, ses plus beaux cadeaux de cadeaux de Noël. En fin d'année, quand les pompiers venaient proposer leur calendrier, même en civil, il les regardait comme des héros : ils maîtrisaient le feu, sauvaient des vies.

Maintenant, depuis nombre d'années déjà, l'eau, le feu, les accidents de la vie des uns et des autres, c'est son pain quotidien et il ne s'en plaint pas, loin de là, il aime son métier, un point c'est tout.

Et c'est pourquoi, un mercredi matin dès l'ouverture, il pousse la porte de Lya Tatoo, une nouvelle enseigne de son quartier qui a remplacé une friperie. Un signe ! Depuis le temps qu'il rêvait sans trop en parler d'ailleurs, d'un tatouage et pas de n'importe lequel, une hache de pompier léchée par des flammes…

Un timide coup de sonnette, et le voilà enfin dans un salon de tatouage. Sur les murs, des dessins graphiques, humoristiques, gothiques, symboliques… Sur une étagère, une pile de revues spécialisées dédiées au tatouage et, sagement assise devant ordinateur, courbée sur une feuille de papier *Canson,* une charmante jeune fille en train de dessiner. Interrompue dans ses travaux, cette dernière se lève promptement pour l'accueillir avec le sourire. Elle cède ensuite la place à une plaisante jeune femme, la patronne sans doute, et retourne à son dessin, tout en jetant des coups d'œil sur un écran où figure son modèle, un papillon aux ailes éployées dont elle n'exécute que les contours en noir seulement.

D'entrée de jeu, Julien pose la question qui lui tient à cœur.

— On peut se faire tatouer ce qu'on veut ?

— Pas de problème, si vous avez déjà une idée, on voit si c'est réalisable. Au cas où des modifications seraient nécessaires, avec votre accord bien sûr, on les exécute et voilà !

Une idée, mais bien sûr qu'il en a une et depuis longtemps même. Il lui a fallu cependant regarder, tout à fait par hasard d'ailleurs, un autre signe, l'émission *La folie des tatouages* diffusée le 26-10-2019 sur TF1 pour sauter le pas. Un véritable électrochoc ! Littéralement émerveillé par toutes les déclinaisons de l'art en question, impressionné par le nombre exponentiel de salons de tatouage, de tatoués, leur diversité, il l'avait littéralement suivie, du début jusqu'à la fin et pourtant, elle était longue, trop longue d'ailleurs pour Sylvie, sa femme qui s'était très rapidement éclipsée. Pas question pour lui cependant de se couvrir de tatouages, d'historier son corps en quelque sorte, non, ce qu'il veut seulement lui, c'est afficher sa passion, un tatouage symbolique et il le dit tout de go.

— Moi, ce que je voudrais, c'est sur mon bras droit, des flammes et au milieu la hache du pompier.

— On peut vous trouver ça sur Internet, on trouve tout sur internet.

Il n'en revient pas : d'autres pompiers auraient donc eu la même idée que lui, ça ne fait que renforcer sa décision, mais il nc faudrait pas cependant, que ça coûte trop cher, un pompier, ça ne gagne pas des mille et des cent…

— Et c'est combien ?

— Ça dépend de l'importance du tatouage.

— Et dans mon cas ?

— Aux environs de 75euros, retouches comprises.

C'est bientôt la période de la vente des calendriers, le bonus de fin d'année, la quote-part de chacun pour financer le voyage annuel des pompiers, eh bien, pour une fois, il ne sera pas des leurs. Sylvie, sa femme lui fera la tête, c'est sûr : elle aime les voyages et puis, pour elle, c'est l'occasion de rencontrer les femmes des collègues de son mari. C'est qu'elles en ont des choses à dire à propos de ce fichu métier : ces nuits interrompues, l'attente angoissée du retour d'intervention, car on ne sait jamais, un malheur est vite arrivé. C'est vrai qu'ils auraient dû en discuter avant, mais avec Sylvie, ce n'est pas facile de parler : elle n'a jamais le temps de l'écouter… Tant pis, une fois de plus, ils feront la paix sous la couette, s'il y a péril en la demeure.

— Et c'est long ?

— Pour vous, environ une matinée.

Maintenant, rassuré, d'un ton décidé, il se lance :

— Alors c'est OK !

Il aurait cru que ça serait plus long. Sur le champ, tout feu, toute flamme, il prend rendez-vous pour le mercredi suivant : il faut battre le fer quand il est chaud. Toutefois, il voudrait savoir quand même si ça fait mal, mais lui, le soldat du feu, il n'ose pas poser la question.

Le jour dit, à l'heure dite, il est là, dans le cabinet de tatouage, à l'abri des regards, fin prêt pour réaliser le rêve de sa vie. Il donne son accord pour le dessin proposé dont le calque va être ensuite apposé sur son bras, un patron en quelque sorte. Allongé torse nu sur une table, le haut du corps légèrement surélevé, le bras droit immobilisé, entre les mains expertes de la tatoueuse, la patronne bien sûr. Le calque validé, l'exécutante rédige les traces avec l'aiguille et le *dermographe*. Ça pique un peu, mais le plus dur, c'est de ne pas pouvoir bouger. Julien ronge son frein : le jeu en vaut la chandelle. Étape suivante, le remplissage qui consiste à l'aide d'une aiguille aux pointes plus espacées, à injecter sous la peau entre le derme et l'épiderme, l'encre de différentes couleurs puisée dans les caps (coupelles) et d'un mouvement circulaire de la main de la praticienne, à chasser les excès. Travail minutieux et confidences échangées pendant l'exécution pour faire diversion.

— Vous en avez, bien sûr, discuté avec votre femme avant de décider ?

— Un peu…

Mais, comme il ne tient pas à s'étendre sur le sujet.

— Et vous, vous avez toujours fait ça ?

— Non, avant, j'étais esthéticienne spécialisée dans le maquillage permanent, et puis, petite, j'aimais le coloriage alors du coup…

— Et vous, vous êtes tatouée ?

— Quelle question ! Tous les tatoueurs sont tatoués !

De fil en aiguille, le temps passe. Voilà maintenant, l'œuvre d'art achevée et Julien, les yeux brillants d'excitation, de contempler son bras dans la glace. Il exulte : il est maintenant et définitivement comme estampillé pour honorer la Sainte-Barbe dans un mois.

Cependant, une ombre au tableau : comment sa Sylvie va-t-elle prendre la chose, va-t-il toujours lui plaire ? C'est que sa Sylvie, il l'a dans la peau…

Un printemps pas comme les autres

Le printemps est bel et bien là : bleu azur du ciel, oiseaux agités et bavards de retour, soleil non plus entre deux giboulées comme hier encore, mais certes, bien timide. Pourtant, malgré le froid persistant, dans les jardins, comme d'habitude, débauche de couleurs : rouge écarlate des pulpeuses fleurs de camélias, jaune éclatant des pompons du forsythia, clochettes améthyste des jacinthes sauvages, exubérance de la végétation, la vie retrouvée.

Mais en ce naissant printemps 2020, la ville est comme la scène d'un théâtre avant le lever du rideau : rues désertes, chaises empilées à la terrasse des cafés, rideaux baissés des magasins, banques fermées, et silence, un silence de plomb et l'envie de crier *Rideau !* comme au théâtre, le spectateur impatient, mais avec infiniment plus de force, pour retrouver la vie : la foule, la folle agitation quotidienne, le bruit, hier basse continue de l'existence, parfois nuisance même. Mais où sont-ils donc tous ces gens qui, le printemps dernier à pareille époque, arpentaient les trottoirs, se ruaient dans les boutiques en prévision du rituel changement de garde-robe, retrouvaient, ravis, les terrasses des cafés après la pluie ou le froid d'un interminable hiver ?

Retranchés chez eux, en quelque sorte en résidence surveillée, sans être coupables à première vue de quoi que ce soit, mais pour leur bien et celui des autres, ultime barrage à, comme l'écrivait La Fontaine dans sa fable intitulée *Les animaux malades de la peste* :

Un mal qui répand la terreur
Mal que le ciel en sa faveur
Inventa pour punir les crimes de la terre

Non pas la peste, mais le Coronavirus, ce virus venu d'ailleurs, du bout du monde, de la lointaine Chine. Il infeste et infecte maintenant la planète entière, hydre monstrueuse que combat avec acharnement et au péril de sa vie, le personncl hospitalier.

Pourtant, dans l'allée principale d'un parc désert, non fermé contrairement aux autres, sans doute parce qu'il faut le traverser pour gagner le centre-ville, un vieil homme s'en va clopinant, tenant en laisse un ratier aussi vieux que son maître à en juger par sa difficulté à avancer, son seul compagnon sans doute…

Sur leur chemin, assise à l'extrémité d'un banc, une dame plus très jeune non plus, les regarde s'avancer comme tous les jours, quasiment à la même heure, mais aujourd'hui, pourquoi aujourd'hui d'ailleurs, elle s'apprête à saluer le promeneur : sa solitude, la sienne, celle du lieu, et les circonstances, à savoir le confinement, sans doute…

Ils sont à deux pas d'elle maintenant, mais voilà que son portable sonne. Vite, il lui faut localiser l'appareil qu'on lui recommande, compte tenu de son grand âge, de sa vulnérabilité, d'avoir toujours à portée de la main or dans son fourre-tout de sac, autant chercher une aiguille dans une botte de foin. Ouf ! le voilà. Trop tard, appel manqué ! Rageant ! Pour une fois qu'on l'appelle… Elle rappellera plus tard, mais maintenant, l'homme et son chien ont dépassé son banc, progressent vers la sortie du parc.

Et s'ils, contrairement à l'habitude, ne revenaient pas…

Table des matières

Imprimé en Allemagne
Achevé d'imprimer en janvier 2024
Dépôt légal : janvier 2024

Pour

Le Lys Bleu Éditions
40, rue du Louvre
75001 Paris

www.ingramcontent.com/pod-product-compliance
Lightning Source LLC
Chambersburg PA
CBHW062346010826
49168CB00024B/284
* 9 7 9 1 0 4 2 2 2 0 8 5 3 *